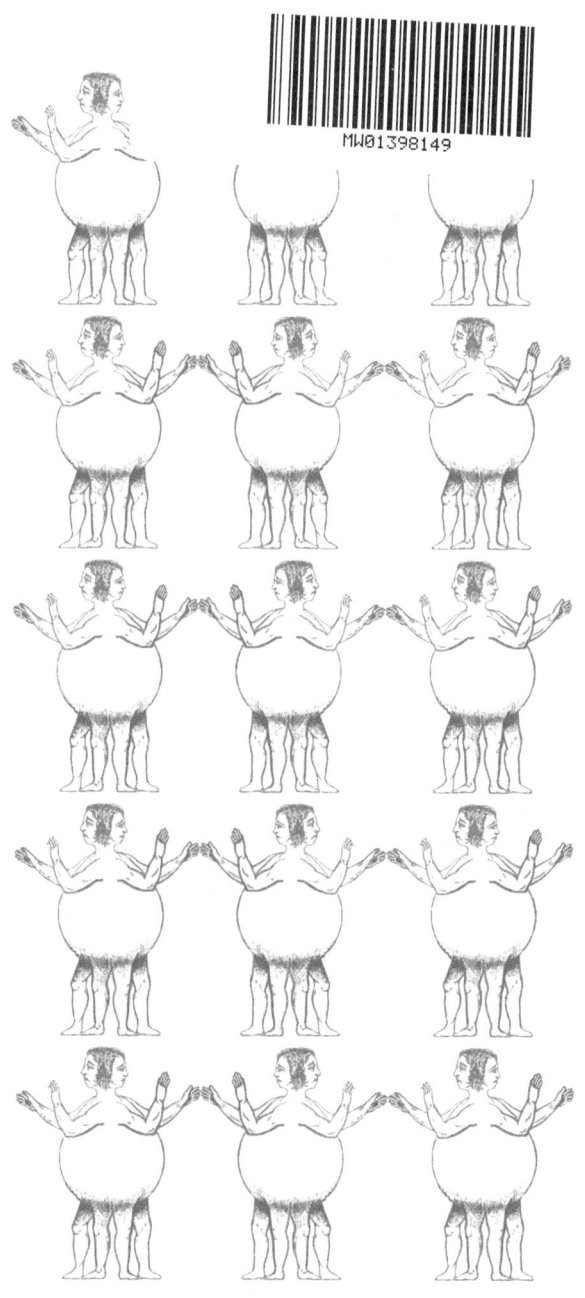

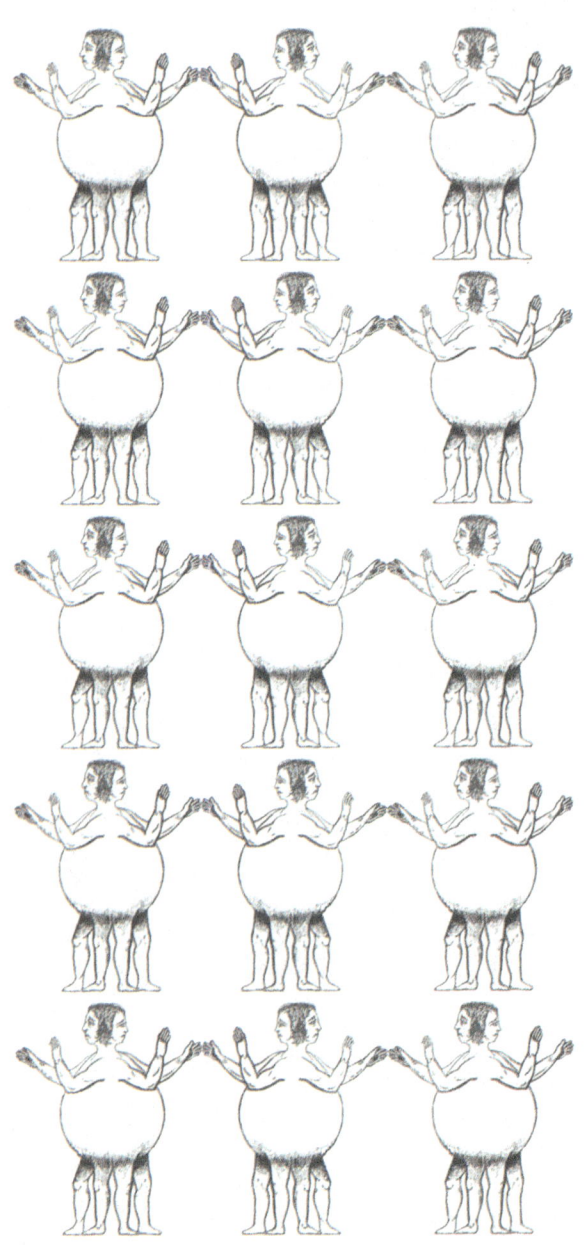

LOS DEDOS
DE EROS

SERIE METAMORFOSIS

LOS DEDOS
DE EROS

Rodrigo Nevárez Magaña

Derechos de autor © 2022 Rodrigo Nevárez Magaña.

Los dedos de Eros— (Colec. Serie Metamorfosis). 19.84×12.85 cm.

Corrección, maquetación y cuidado editorial: Rodrigo Nevárez Magaña.

Diseño de cubierta y restauración digital de las imágenes: © Luis Néstor Rangel Cano.

Ilustración de cubierta: Ángel de la Caridad Cristiana o «Fuente de Eros» Escultura de aluminio fundido circa. 1893, Alfred Gilbert (1854-1934). Fuente decorativa en Shaftesbury, Picadilly Circus, Londres, Inglaterra. (dominio público; fotografía intervenida).

Imágenes internas:

Seres esféricos (dominio público).

Fotografía del autor: Cortesía del autor.

© Christian García Gallegos, Los dedos de Eros, técnica:mixta, 21 x 24.3 cm., 2018.

Imágenes capitulares: Marco espejo, borde estilo xinjiang (dominio público); llama dibujo silueta (dominio público); tatuaje serpiente luna, vector gratuito, © stockgiu, recurso tomado de: © vecteezy.com; https://es.vecteezy.com/arte-vectorial/2515483-tatuaje-serpiente-luna.

Queda estrictamente prohibida la reproducción total o parcial de esta obra, por cualquier medio o procedimiento, sin la previa autorización por escrito de los titulares del copyright o sin dar los créditos correspondientes al autor de la obra. Así como también la distribución ilegal de ejemplares.

Los personajes y eventos que se presentan en este libro son ficticios. Cualquier similitud con personas reales, vivas o muertas, es una coincidencia y no algo intencionado por parte del autor.

ISBN: 9798847301992 (autogenerado por © https://kdp.amazon.com)

ISBN-13: 9781234567890

ISBN-10: 1477123456

Número de control de la Biblioteca del Congreso: 2018675309
Hecho en México
Impreso en los Estados Unidos de América

CONTENIDO

Página del título
Página del título
Derechos de autor
Prefacio
Dedicatoria
Epígrafe
Dedo de Sol: Narciso   1
Dedo de Tierra: vestal   7
Dedo de Luna: un café   19
Acerca del autor   51

PREFACIO

Si un amor visceral toma forma, entonces éste se engendra entre los pasajes de las entrañas mismas, atrás de los latidos del corazón, abajo del pulsar de la piel, en medio del rubor por la aceleración de la sangre, y así avanza hacia afuera, hacia el exterior, hacia la realidad para cambiar las percepciones del ambiente, para vivir drogado bajo el sueño del amor que ahora es realidad. Un amor visceral nace desde el interior para transformar la vida. Es una forma de ver el amor.

DAVID CEBALLOS CORREA
(CHILE).

El amor es una de las drogas más poderosas y peligrosas que existen, es uno de esos grandes poderes adictivos que mueven a la humanidad. Su abstinencia es brutal.

Por él se han levantado monumentos y se han desatado guerras. El amor, como concepto, supone un dilema ontológico, una paradoja, es algo que es pero que no es, algo que no existe por fuera de la experiencia humana, cada quién posee su interpretación subjetiva de ese «algo» que se resiste a darse a conocer por completo y nadie puede terminar de explicar, es en esa «incompletitud» en donde encuentra su belleza; todos hablan de eso y nadie se pone de acuerdo, todos dicen sentirlo, creen sentirlo o anhelan hacerlo, pero en realidad no se puede ver o tocar, solamente podemos verificar su existencia mediante sus manifestaciones hacia afuera, la autoafimación de nuestra existencia a través del otro y de su visión sobre nosotros. En realidad nadie surge de la nada, casi a nadie le gusta estar solo, el fenómeno del amor es esa necesaria y bonita trampa integradora que nos unifica como sociedad, que nos hace conectar con el otro, desear al otro, es el fenómeno mediante el cual muchas de las veces intentamos justificar o dar sentido a nuestra absurda y caótica existencia.

El amor es un compañero caprichoso, cotidiano, nos seduce con sus cantos, es capaz de dominarnos con tan solo una mirada, nos somete con una palabra, con el cuerpo, con el sexo, con el tacto, con una caricia de la mente o del alma, es capaz de mostrarnos los mayores placeres, las alegrías más plenas, nos da esperanza, nos vuelve humildes, pero también nos enseña sobre el dolor, la amargura, la desdicha, el desencanto y el desengaño. Entre estas dos notas se mueve lo que normalmente conocemos como la vida, en todos sus matices.

El amor es ganancia y pérdida al mismo tiempo, implica renuncia desde el primer instante, es uno de los precios que hay que pagar, pero que si se acepta de forma mutua, madura, consciente y con un sano abandono, con todo y las letras pequeñas del contrato, nos dejará probar como recompensa, fragmentado en instantes, de esos pequeños momentos de felicidad.

Es un tormento que se goza, a veces se busca, otras tan solo llega, en el mejor de los casos se queda, pero a menudo llega y después simplemente se va. Nadie mide el corazón, los deseos que palpitan dentro, ni tampoco las pasiones y los anhelos que mueven al soñador.

A mis padres y a mis hermanos
A mis profesores
A Chris y a Nés
A mis amigos

Gracias por tanto.

*En otro tiempo, la naturaleza humana era
muy diferente a lo que es hoy.
Primero, había tres clases de Seres: los dos
sexos que conocemos y uno tercero compuesto
de estos dos, el cual ha desaparecido quedando
solo el nombre. Este animal formaba una especie
particular y se llamaba andrógino, porque reunía
el sexo masculino y el femenino [...] La diferencia
que se encuentra entre estos tres tipos de Seres,
nace de lo que hay en sus principios. El Sol produce
el sexo masculino (son dos hombres unidos entre sí),
la Tierra el femenino (dos mujeres unidas entre sí), y
la Luna compuesto de ambos, que participa
de la Tierra y del Sol [...]*

EL BANQUETE O DEL AMOR. PLATÓN

*When the earth was still flat
And the clouds made of fire
And mountains stretched up to the sky
Sometimes higher [...]*

THE ORIGIN OF LOVE. JOHN CAMERON MITCHELL/
STEPHEN TRASK. HEDWIG AND THE ANGRY INCH
(2001)

DEDO DE SOL: NARCISO

Frente a un espejo de plata me vi reflejado, complacido y complaciente, te sonreí y de forma cómplice respondiste a mi sonrisa, ahí semidesnudo. No tenía sueño, te convenciste a mí mismo que jugueteáramos un rato, a escondidas. Te toqué mi cuerpo, desbaratándonos de placer en silencio.

Comenzó la caricia, suave pero sostenida, recorriendo tu pecho, mi ombligo, nuestro abdomen, todo cuanto tocabas se deshacía en una maraña confusa de nervios y de piel. Me agaché a besar mi cuello, mi lengua recorrió a placer los vórtices morenos de mis tetillas, abismales, endurecidas por el roce húmedo, tibio, afiebradas hasta la locura como el resto de la carne que bombeaba sangre de un mismo tiempo y de un mismo origen; nuestra piel se desdobla voluptuosa, se hincha rubicunda, se vuelve una y la misma.

Te acercaste aún más, me besé en mi boca con toda esa pasión de años de desearme en silencio, mordiendo tu labio inferior te hice saber que me amaba en ti; nuestras lenguas se trabaron en una batalla de gemidos y jadeos, murmuraciones entrecortadas de la entrega más absoluta.

Me tenía, te tenías, eras mío, era tuyo... por fin. Mi voz sonaba diferente cuando tú la pronunciabas, eso envilecía aún más mi deseo, lo volvía innombrable, prohibido, perverso. No era yo, y sin embargo era yo mismo, siguiendo el ritmo que marcaban tus caderas y los sedosos truenos que se derramaban de nuestros labios dóciles, como dos amantes mansos, a veces más graves, a veces más agudos, pausados en espasmos, con ese cuerpo que no era mi voz, no era mi nombre, pero que sí era mi rostro.

Salvamos los últimos obstáculos, los restos de ropa fueron decorando los rincones de nuestro cuarto, disparados en el frenesí de autosatisfacción, en el eterno movimiento que urgían nuestros cuerpos. Sin pudor alguno profané tu templo, confundiendo nuestras fronteras, su tacto empapado e hinchado de deseo me hacía desfallecer.

Con gran maestría recorriste con mi lengua todas mis hendiduras, bultos, curvas y líneas como si las conocieras de memoria, aunque de pronto aquí y allá te sorprendías ante una imperfección, que era lo que me volvía distinto a ti. Tu boca devoró mi sexo duro y yo me sumergí en una ola densa que me desarmaba, mis dedos ansiosos se aferraban a tu carne pulsante, auténtica, aunque noté que tus formas y dimensiones eran distintas, y tus imperfecciones eran otras. Me disparaste magnolias en mi rostro, impregnándome con tu aroma salado.

Nuestra carne se fractura en formas imposibles, entra, sale, se llena de humedades propias y ajenas, se extiende hasta posibilidades eternas, fractales, nos volvemos tiempo, nos volvemos sangre. Somos la unidad perfecta, uno adentro del otro, mi (tu) carne en tu (mi) carne, sangre de mi propia sangre en otra imagen, la continuidad de un mismo ser crispado en un abismo, en imágenes que se reflejan en uno, cien y mil espejos, uno y lo mismo, Yo.

Nuestros gemidos se sincronizan en una melodía unísona. Un estremecimiento brutal nos recorre como relámpago, quemé mi incienso en ti, me tomaste firmemente de tus caderas llenándote de entraña ardiente; exploté en mí mismo, al borde del delirio, un hilo de vida nos atraviesa la espina dorsal y finalmente desfallecemos como pétalos suspendidos.

Me vi dormir, más enamorado que nunca, me acaricié mi rostro con las yemas de tus dedos, recorrí tus facciones tan similares a las mías, te besé con mucha ternura en mis labios, y antes de hundirme en el sueño entre tus brazos, me susurré al oído que nunca había amado a nadie como a mí.

DEDO DE TIERRA: VESTAL

Dormitaba al pie de un roble cuando me despertaste.

Sentí tus senos de terso albaricoque rozando mi rostro, lo sé porque te inclinaste sobre mí para comprobar si efectivamente dormía. Me llamaste por mi nombre un par de veces, casi zumbándomelo al oído con una insistencia melosa.

Traté de moverme lo menos posible, sabía que eras tú a la distancia, a esa hora del día tu piel desprende un agradable aroma a resina, a leña y humo, no tenía duda de dónde venías, ni tampoco para qué, ya lo sabía bien; habían empezado las labores vespertinas en la cocina y venías a urgirme que fuera con las demás a preparar la comida.

Sin embargo, yo no me moví. Con los ojos cerrados, traté de desacelerar el fragor de mi pecho que se desbordaba en un radiante pavorreal, cuyas plumas emergían, espléndidas y plenas, de mis ojos marchitos, de mis oídos, de mi boca, un estruendo ostentoso de colores que se desplegaba solo para ti. Me gustaba jugar contigo, hacerte desatinar solo para ver tus mejillas enrojecidas del disgusto, fingido por supuesto, es parte de ese juego que tenemos. Seguí apretando mis ojos y respirándote.

Tu cabello remoloneaba terco en mi rostro, largo, rubio, ¡cómo me gusta!, huele a leche fresca, sé perfectamente que te lo acabas de aclarar recién en la mañana, me gusta tomarlo entre mis dedos y trenzártelo mientras me pierdo en la infinidad de tu piel de azucena, cuando descansamos recostadas en el campo. Pero hoy no, hoy debías estar en la cocina, así que tuviste que dejarme tomar la siesta a solas, es por eso que has venido tú y no alguna otra de las chicas a buscarme.

Mientras abría los ojos lentamente, para devorarte sin prisa, a mordiscos, un torrente de cebada me inundó el rostro, confundiendo mis pupilas, la claridad invadió las sombras en medio de dorados difusos, con el tenue aroma a leche recién ordeñada. Sentí la tibieza de tu aliento fuerte sobre mis labios, el temblor de tu piel. Con mi respiración a galope, sostuve tus labios contra los míos, los abotoné como capullo de rosa para poder libar de tu néctar, dulce amada mía, liberándolos después al vacío, una y otra vez.

Mis dedos juguetones serpentearon bajo tu falda, esas curvas hembras, inmaculadas, puras, vírgenes. Deslicé mis dedos por tus ropas dejando sentir la suavidad de la tela, noté que solo llevabas una de tus cintillas y no pude evitar sonreír, ¡pícara, traviesa! Mis yemas de jacaranda se fundieron en tus curvas pecadoras, alcanzando la orbidad de tus nalgas y las planicies apacibles de tus muslos. No pudiste evitar soltar un gemido cuando me deslicé, suave, por tus humedades, haciendo brotar miel espumosa de tus panales escurridos. Tú, te dejabas ser, acariciando lánguidamente mis senos bajo mi blusa, sosteniéndolos como limas maduras mientras trazabas infinitos en mis pezones, desgajándome en dos, mojando mis intimidades.

El ansia nos despojó de nuestras ropas para saludar al viento fresco que nos besaba y lamía toda nuestra piel, en su viril prisa loca por intentar poseernos revolvía nervioso nuestros cabellos haciéndolos enjambre. ¡Qué ingenuo! ¿Qué no sabe él que nosotras estamos privadas para el género masculino?

—¡Te amo, Virginia!, ¡te amo, querida!

—¡Yo también te amo, mi amor!

Nuestras pieles se confundían en vaivenes inciertos, compartimos fluidos íntimos; tu sexo me sabía a pan, a fruta recién piscada, a una madrugada en el campo de amapolas, a las briznas con rocío en primavera, a las risas y a las caricias, las mil caricias que te he dado. El viento abravó, casi como una advertencia, pero el calor que sentía dentro amenazaba con devorarme entera, a ti también, lo pude leer en tu rostro mientras gemías enloquecida.

Era tu turno, te arrodillaste entre mis piernas, y

con delicadeza libaste de mi ambrosía. No podía ver, no podía respirar, el bloqueo fue absoluto, inmediato. Destellos bailaban a nuestro alrededor; un sofoco similar a la muerte estalló en mi pecho como fuegos artificiales, cientos de ellos, miles, pude verlos estallar por centenares en el tuyo también. El calor creció, y no parecía dar señas de aminorar pronto, todo lo contrario, embravecía con la ira de lenguas de fuego que nos despellejaban vivas. Poco nos importaba. La parálisis sacudió nuestros cuerpos en un morir y renacer de ojos. Los estertores aumentaron, aún no estábamos satisfechas, queríamos llegar hasta el final.

El sofoco se convirtió en un ahogo, me entró pánico. Un aire denso, caliente empezó a reptar por mis fosas nasales y por mi boca, me ahogaba, nos envolvía, sentía cómo esa viscosidad iba viciando el poco aire limpio que quedaba, lo sustituía por esa baba etérea, casi líquida. Éramos dos lirios de estambres entrelazados, jadeantes, babeantes, chocando entre sí, palpitando y moviéndose a merced de ese invisible moco amniótico, asquerosamente tibio.

Me apoderé de tu cadera, quemaba, toda tu piel ardía como si fuera a estallar en llamas. Te estreché entre mis brazos, tus pezones como pequeñas yerras al rojo vivo dejaban unas marcas negruzcas, similares a la quemadura de un cigarro, por donde me los apoyabas. Me dolía mucho, estaba segura de que tendría globosas ampollas por todo mi cuerpo al día siguiente. Nuestros clítoris al frotarse ardían y se ennegrecían como carboncillos. Tus labios de pedernal imberbe inflamaban los míos con cada caricia que nos proporcionábamos.

Tu piel... tu sudor... toda tú despedías todavía ese aroma a leño y humo, si cabe más nítido aún, parecía que, en lugar de haber disminuido, se intensificaba. Ese olor tuyo me enloquece, me evoca fogatas frente al mar, apacibles noches frente a una chimenea agazapada entre tus besos, me recuerda al hogar que perdí hace mucho mucho tiempo y que lo encuentro cada vez que me envuelves entre tus brazos. ¡Oh, querida!, ¡mi varita de olíbano!, no me alcanza una vida para fundirme en ti, para hundirme dentro y no salir jamás. No me alcanza la piel, no me alcanzan las uñas, el cabello o los ojos para deshacerme contigo, mi querida Virginia; deshacerme contigo en un Todo, porque tú lo eres todo para mí.

Galopando en tus caderas, te estrujé. Entre desvaríos, vi con horror como tu magra carne se desgajaba entre mis dedos, dejando solo chispas que volaban enrojecidas, ardientes. Tus pechos se comenzaron a deshacer, a derretir, lo que antes habían sido suaves chabacanos se habían convertido en sacos de lava y llamas. Tus pezones y tus areolas fosforecían de una manera imposible. Tu espalda se calcinaba hasta volverse nada, como si una fuerza invisible te hubiera convertido en polvo y cenizas hasta los huesos. Estaba aterrorizada. Con espanto volteé a ver tu rostro, me viste con esa mirada serena, dulce, conciliadora, de la cual me enamoré desde la primera vez, solamente me dijiste:

—Así tiene que ser.

Yo lo entendí y te sonreí. Te amaba, te amaba tanto.

No podía imaginar nada más bello que morir inmolada en tus brazos. Entre jadeos, nos desmoronamos la una a la otra como mazapán, estábamos tan cerca del orgasmo, mi amor. Las brasas de tu carne en mis manos ya no me quemaban, las ampollas de mis dedos ya no me dolían. Ya no sentía nada, solo placer.

Las llamas lo consumieron todo a nuestro alrededor, alimentadas por ese viento venenoso, chamuscaron el pasto donde retozábamos, y nuestros hábitos con todas nuestras cosas, como si el fuego estuviera decidido a borrar todo rastro, toda huella de nuestra existencia. Éramos puras e inocentes, pero vivíamos en pecado, esa era la advertencia que el viento intentaba hacernos y decidimos no hacerle caso. Explotamos, como pólvora, en mil pedazos, o por lo menos los pedazos de nosotras que aún quedaban íntegros, y de pronto ya no hubo nada, únicamente brasas chisporroteando en el vacío.

Todo volvió a la normalidad, el viento cálido se diluyó en la frescura del bosque. Lo que quedó de nosotras fueron un par de recios crucifijos de plata, que relampagueaban feroces, desafiantes, con los rayos del sol entre la negrura del montón de cenizas, y más allá unas hojas roídas por el fuego donde ya lo único legible era: «En el nombre del Padre, del Hijo, del Espíritu Santo. Amén». Los Salmos que entonaríamos más tarde en la Misa. Nada más.

Extenuadas, tomamos un buen rato para reponernos. Cuando al fin cobramos fuerzas, empezamos a levantarnos del suelo, muy despacio. Ya no teníamos articulaciones, ni huesos, ni músculos, solo éramos una substancia espesa y caliente que lengüeteaba lumbre por el suelo y trataba de levantarse de manera torpe de entre las cenizas.

Nuestros dedos se alargaron infinitamente y comenzaron a cubrirse con un nuevo manto. Cuando por fin lo logramos, jugamos a perseguirnos la una a la otra trazando líneas y curvas, al principio de forma aleatoria o por lo menos en apariencia, pero después empezamos a hacernos de un nuevo cuerpo, una forma, una substancia y un nombre.

Nuestro nuevo cuerpo ahora es suntuoso y exuberante, nada que ver con nuestros viejos cuerpos obstruidos, privados, censurados. Nuestros nuevos huesos son de granito semi líquido, resistentes y fluidos a la vez. Nuestra piel, la sustituimos por un lujoso abrigo de plumas de fuego, tupido, que arde con la furia de mil soles, fosforecemos con unos tonos rojos y naranja neón que enceguecen de envidia a quien tiene la rara fortuna de vernos, somos hermosa. Nuestro nuevo cuello es erguido, delicado y esbelto, con preciosas escamas de lava, exquisitamente labradas como rubíes, las mismas que decoran nuestras nuevas torneadas piernas. Ahora tenemos un bellísimo pico capaz de fundir lo infundible, de un solo sablazo; ahora somos invencibles ante todo amor, ninguna persona podrá hacernos mal alguno, somos inmortal. Nuestro nuevo cabello es un sedoso penacho en llamas, más brillante que tus anteriores hilos de sol. Ni qué decir de nuestra espléndida cola que flamea caprichosas volutas en todas las tonalidades.

Por fin, amor mío. Por fin juntas, por fin unidas... para siempre. Batamos nuestras hermosas alas en llamas al vuelo infinito, entonemos alabanzas que conmuevan a los hombres hasta las lágrimas, cantemos los himnos más dulces para celebrar este triunfo del amor.

DEDO DE LUNA: UN CAFÉ

La verdad, no entiendo qué carajos hago aquí. No entiendo qué pasaba por mi cabeza cuando accedí a tomar ese café contigo. Harán unos ocho o nueve años que no sé nada de ti, Julián, desde que terminamos; nueve largos años que me tomaron el olvidarte, al menos tratar de olvidarte, pero bastaron solamente una llamada, un mensaje, para tenerme otra vez aquí de tu pendeja sentada frente a una mesa, esperándote.

Todas esas noches tratando de arrancarte de mis recuerdos y de entre mis piernas, se fueron al carajo, así con todas sus letras, en cuanto escuché vibrar tu voz de gorrión por la bocina del teléfono, me hiciste vibrar toda a mí también, se me enchinó el cuerpo y mis ojos se humedecieron. Y así, de golpe, sin deberla ni temerla, otra vez tú en mis recuerdos y en mi vida. No hay derecho.

—¿Ana?

—¿Sí?

—Soy Julián.

Julián... Cómo un nombre puede provocarme tanta aversión, es algo que me ha perseguido, como una constante en mi vida, y yo le he rehuido como a la peste; he desarrollado un gravísimo cuadro de Julianofobia, pero al grado clínico de manía, que no importa si es nuevo amigo, conocido, compañero, cliente o incluso jefe, no puedo evitar esbozar una mueca de resignación y un suspiro cuando me dicen ese nombre, tu nombre. A veces, avergonzada, me tengo que ver obligada a explicar.

Pero no quiero que me malentiendas, no siento ninguna aversión hacia ti o hacia tu nombre por sí mismo, sabes que siempre me ha encantado, sino en particular hacia los recuerdos ligados a éste. Y no porque hayan sido malos, todo lo contrario, porque fueron tan buenos, que aún duelen. Porque muy dentro de mí aún te amo, nunca te dejé de amar. Tal como te lo prometí.

—¿Gusta más café, señorita?

—Sí, por favor.

Quince minutos tarde... Es por eso que me cuesta tanto trabajo el estar aquí sentada, sin saber si vendrás o no.

—*¡Hola, preciosa!, ¿cómo estás?, tanto tiempo sin saber de ti. No estaba seguro si tenías el mismo número.*

Yo sí lo sabía, lo sabía muy bien. Tu número de teléfono era el único que me había memorizado, sabes de sobra lo olvidadiza que soy, no recuerdo ni el día en el que vivo, pero tu número me lo grabé desde la primera vez que nos vimos y no lo habías cambiado tampoco.

Solo que no podía creer que me estuvieras marcando, ¡y con cuánta insistencia!, dos... tres llamadas perdidas tuyas; no cojo el teléfono mientras estoy trabajando, pero para mi vaga fortuna me marcaste el jueves de nuevo en mi descanso, ¿qué es eso tan urgente que necesitas decirme?

No seamos ingenuos, nos conocemos demasiado bien,

realmente esa excusa de comprobar si tenía o no el mismo número se me antojaba a pretexto barato, ¿qué quieres?, es la pregunta que taladra en mi cabeza, ¿por qué ahora? Esa duda me comió el cerebro el fin de semana.

Confundida, asustada, nerviosa, jodida... Qué más daba.

—*¡Hola! Bien, ¿y tú?*

—Bien. *Últimamente te he estado pensando mucho. Extraño verte y platicar contigo.*

Yo también, no te imaginas cuánto te he extrañado, pero soy demasiado orgullosa para admitirlo, y todavía me hace falta tiempo para hablar y hablar, y así ir contando los días y las eternidades contigo.

—*Ah... ¿Y ese milagro que me llamas?, ¿a qué debo el honor?*

—*La próxima semana estaré por la ciudad solo un par de días, cosas del trabajo, y había pensado si podíamos vernos... si tú querías o podías que nos viéramos. ¿Qué dices?*

No supe qué contestarte. Cientos de pensamientos

contrariados perforaron mi cabeza. Entré en pánico. ¿Cómo sería verte después de tanto tiempo?, me obsesioné con la idea del reencuentro, ¿qué sucedería?, ¿cómo reaccionaría?, ¿me tiraría llorando en tus brazos de nuevo, como aquella vez en la cual yo sabía y tú no, que todo había terminado entre nosotros?, esa vez te asustaste muchísimo, no sabías qué era lo que me pasaba, pero dentro de mí yo ya lo había resuelto todo; no porque hubieras dejado de importarme, sino porque era sumamente egoísta de mi parte el encadenarte a mí, cuando tus labios eran ya incapaces de canturrear ese «Te amo» con los que tanto me endulzabas mi oído. Porque te quería te dejé ir. O como esa vez cuando creí que jamás te volvería a ver, que te perdía para siempre, pero cuando pude regresar ahí estabas, en el aeropuerto esperándome con esa tonta y adorable sonrisa que todavía me derrite el corazón, te abracé lo más fuerte que pude, para ya no dejarnos ir jamás. O al menos eso creí entonces. Yo nunca pretendí dejarte, Julián.

—*No lo sé, el problema es que yo también trabajo,*

quizás esté ocupada, pero deja veo. Dame chance y te confirmo, ¿sí?

—Disculpe señorita, ¿me podría traer la carta, por favor?

—Sí, enseguida.

—Muchas gracias.

—*Realmente espero que sí puedas, preciosa. Necesito verte y hablar contigo. Te extraño mucho. Besos.*

Me avergüenza el tener que confesarme a mí misma que me sorprendí hurgando entre fotos tuyas que no habían sucumbido a la Santa Inquisición de mis despechos y sobrevivieron de morir quemadas en la hoguera, lo hice con toda la intención del mundo, para aniquilarte, eliminar todo residuo de ti pasado, presente y futuro, para que ya no me hirieras; quería que el fuego me purificara del embrujo de tu mirada, del maleficio de tu sonrisa seductora. No pudo haber sido de otra forma. Pero tu fantasma me persigue, no importa adonde vaya o lo que haga, sigo atada a ti.

Eras irresistible, me perdí en ese maldito paréntesis

de mis delirios desde el primer instante, tus finos labios me desvelaron el sueño tantas veces, me encantaba perderme bobamente en la cuadratura perfecta de tus tabiques de porcelana, en tu nariz tan peculiar, en la finura de tu cintura que me volvía loca o refugiarme en tu espalda por las noches como si fuera mi último lugar seguro en el mundo.

Ahora, sentada aquí, y desde el momento en el que decidiste aparecer otra vez para hacerme un lío la existencia, en lo único que pienso, mi único consuelo, es esperar ver esa hermosa cara tuya por lo menos deformada por unos kilitos de más, una barriga incipiente, indicios de calvicie prematura... algo, lo que sea que me haga desearte menos, que me desencante, que haga que se rompa toda esa magia con la que me has tenido encadenada por años y años.

—Disculpe, ¿podría traerme una rebanada grande de pastel de chocolate, por favor? ¡Ah, y más café también!

—Enseguida.

A la chingada la dieta macrobiótica y todas esas

pendejadas, para lo que viene, y lo que viene después de eso, voy a necesitar todas las endorfinas que el chocolate pueda darme...o quizás no, tal vez tenga suerte y terminemos en mi cama, con sus brazos de pulpo encaramándose en mi piel, con esos labios carnívoros devorándome... ¡Ay, Ana! ¡Cómo puedes pensar en esas cosas!, ¡sabes muy bien lo mucho que volverías a sufrir cuando tenga que irse, por más que quieras, sabes que no puedes retenerlo!

Ya va más de media hora y nada que apareces. Sabes lo que odio que me tengan esperando o que me dejen plantada, se me hace tarde para el trabajo. Empiezo a creer que lo más seguro es que te hayas acobardado; peor aún, que sí hayas aparecido pero que aun así te haya importado tan poco que me hayas dejado esperando como a una idiota. Esas manías tuyas.

Me doy por vencida, es inútil seguir buscando tu cara entre la poca gente desmañanada que decora el café, y es ocioso el seguir torturándome pensando en el pasado, así que mejor entretengo mi mente curiosa dejando que paseé libre por las personas, lejos de ti.

Nada fuera de lo común, una ordinaria y aburrida mañana de finales de marzo, con la frescura tibia del viento que apenas se despereza del invierno. El café abre igual que todos los días, a las siete de la mañana en punto. Por acá, unos ejecutivos encorbatados de rostros severos están ya sea ordenando en caja o tratando de descifrar como crucigrama en el menú qué es lo que van a querer. Sabemos por experiencia que lo más efectivo a estas horas es un café americano, bien negro, bien caliente y bien cargado; quizás algunos por sus rostros compungidos de no haber dormido en semanas apuesten por el expresso doble, o por una siesta.

El más grande del grupo, no por mucho, un señor sesentón entrado en pellejos, delgado, de rostro y cachetes colgados —sospecho que solía ser gordo— con expresión de fastidio y una corbata purpurina de nudo Windsor, parece que ya se decidió y abre la boca para hablar, pero se queda con la idea a medias. Casi apuesto que es de esas personas de gustos fuertes y amargos.

—¿Me puede dar un *frappé* de coco, por favor?

Demonios. Me equivoqué.

Siento una rara tristeza dentro de mí al ver esos rebaños de «Godínez» tan homogéneos, tan mediocres, tan grises, moviéndose con una uniformidad que aterra, y me entristece porque sé que yo soy una de ellos, pero la diferencia es que yo me muevo por mi cuenta.

Desde hace algún tiempo que me apetece estar totalmente sola; muchas cosas han cambiado desde que me alejé Julián, desde que me alejé de tu vida y también de la ciudad donde conocí el amor, donde reí, lloré, viví, porque no soportaba la idea de tenerte cerca, me estaba matando, me estabas matando; la ciudad donde dejé la mitad de mi corazón para entregarle mi otra mitad a la brumosa y estéril Capital. Hace mucho tiempo que no estoy bien Julián, y tú no estás aquí para abrazarme y decirme que no importa, que ya pasará.

¡Chingada, mi trabajo!, ¡me van a poner retardo y a descontarlo de mi sueldo! Por suerte, muy convenientemente, mi oficina está cerca, por si las cosas se complican.

> *MARZO 17 DEL 2017 A LAS 7:45 PM*
> *Hola, Julián. Solo te escribo para decirte*
> *que sí podré verte.*
>   *(Después de darle mil vueltas*
>   *en mi cabeza todo el día*
> *y después todo el fin de semana).*

> *MARZO 17 DEL 2017 A LAS 7:50 PM*
> *Claro que sí, hermosa.*
> *Tú dime dónde te veo*
> *y voy para allá.*

> *HACE 7 MINUTOS*
> *¿Te parece si te veo el próximo martes*
> *antes del trabajo, a las siete en punto*
> *en el café que queda cerca de mi oficina?*
> *Está por Paseo de la Reforma,*
> *ahorita te mando la ubicación.*

> *AHORA*
> *¡Excelente preciosa! Ya muero de ganas por*
> *abrazarte. Ahí estaré. Te amo.*
> *(¡¿Qué he hecho?!).*

Más allá, en las mesas de afuera, un guapo y joven pasante de alguna dependencia burocrática o de gobierno, un rorro de pulcra camisa blanca de cuello planchada y almidonada, zapatos negros recién lustrados, cabello pulcramente relamido bajo considerables capas de gel, con anteojos aunque parece no necesitarlos, sorbe con ansia su té chai frío, aislado bajo su par de audífonos, en medio de un desorden de carpetas y hojas desparramadas por doquier; sus dedos vuelan sobre el teclado, tal vez terminando el informe o las tablas y los gráficos que seguramente tendrá que entregar en unos cuantos minutos más. Él encerrado en sus pensamientos y yo en los míos.

Yo ya sabía que me engañabas. Supongo que siempre lo supe, pero estaba tan tonta, tan cegada, tan drogada de amor y admiración por ti que no quise verlo, ¿cómo un chico tan guapo y carismático como tú iba a serle suficiente solo una chica como yo?, ¿por qué conformarte?, y no creas que me menosprecio, y menos por ti, que sé de sobra lo capaz e inteligente que soy, y si a esas vamos bastante guapetona, deseable, sabes que modesta nunca he sido.

Me encantaba la química que tenía contigo, esa conexión... por más que la he buscado con otros no he vuelto a sentir eso con nadie. Yo jamás me tragué ese cuento de «la media naranja», o los cuentos de hadas con «final feliz», me parecía algo ajeno, absurdo o lejano hasta que te conocí. Me atrapaste aún sin proponértelo, sin conocerme. Fue entonces que tuve que tragarme mis palabras y testificar, muy a mi pesar, que el amor a primera vista sí existe.

Puedo afirmarte que, pese a haber tenido unas cuántas relaciones antes de ti, tú fuiste, eres y siempre serás todo lo que yo siempre busqué en un hombre; inteligente, guapo, intelectual, creativo, carismático, seductor, salvajemente enamorados, vivimos intensamente, todo tan loco, tan espontáneo, y así fue como inició y acabó, nos amamos con devoción y mi entrega a ti era absoluta, todo lo daba por ti.

Tú eras algo más… algo de ti que reconozco en mi misma, una cosa propia e íntima, que me pertenece a mí y a nadie más. Me reflejas y me complementas como persona. Se siente raro el verme y reconocerme en ti, es como si nunca hubiera estado sola, es por eso que el dejarte ha sido la decisión más dura que he tenido que tomar en mi vida. Lejos de esas tonterías sentimentales, se sintió físicamente, como perder un miembro del cuerpo o ver morir a alguien muy querido de mi familia. Sentí que me arrancaron algo, que me despojaron de algo que sé que no voy a poder volver a recuperar jamás.

Si supe que me engañabas no fue porque estuviera husmeando entre tus cosas, no había la necesidad, te sentía mío, fue por un simple descuido tuyo y por pura curiosidad mía. Me dolió la deshonestidad, me heriste en mi dignidad, me destruiste, me hiciste sentir que ya no era suficiente para ti o que no supe cómo quererte, perdimos el control, fue tan grande el desamor. No había caso, tras años de relación habías dejado de quererme. Así, de la noche a la mañana. El cuento compartido entre ambos había terminado.

¿Cómo funciona?, ¿cómo dejas de querer a alguien?, yo no pude hacerlo.

Lo último que recuerdo de ti es esa noche, con tu mirada suplicante, cuajada en llanto, entre los destellos azules y rosas neón de un espectacular cercano, pidiéndome un día más para hablar, pero sabíamos que jamás sucedería. ¿Sabes?, por ti iba a convertirme en una gran actriz, pero cuando terminamos la noche se volcó sobre mí.

Después llegaron a mis oídos algunos chismes y rumores que terminaron con la poca dignidad y humanidad que me quedaban. Por eso hui, con mi maleta llena de recuerdos. Alguna vez alguien me preguntó si honestamente creía que tú eras el indicado, y que si creía que íbamos a durar para siempre incluso hasta casarnos, yo contesté con toda sinceridad que sí, sin dudarlo. Muchos corazones han desfilado por aquí desde entonces Julián, pero la cosa es que por más que lo intento nadie ha llegado a tu altura, tú siempre serás mi medida, y por más que trato no puedo volver a ser yo, salgo perdiendo porque te llevaste contigo la mejor versión de mí misma.

Muchas madrugadas me desvelé preguntándome si acaso seguirías pensando en mí, tan siquiera un poco, aunque sea como un recuerdo que se te cruce de repente: un aroma, una película, una canción, una frase, algo, lo que sea que me aferre a tu memoria.

Afuera, cruzando la calle, más allá de este chico, ya sin su chai, que aún revuelve sus papeles, nervioso, y teclea cifras y cifras con avidez, hay un parque. Ya hay movimiento ahí. Unos cuantos señores y señoras de diferentes edades y tallas trotan tranquilamente, es un entretenido desfile de mallas ajustadas en formas groseras, carnes desbordándose en *leggins* impropios para la edad y dimensiones, señores sudorosos en gruesos pants y sudaderas corriendo, mujeres delgadísimas tipo «señoras de Polanco» estiradas como biombos japoneses muy *fashion* en su *outfit* deportivo calentando en las bancas o en sus tapetes practicando yoga.

Algo me llama la atención, me saca de mi ensueño. Más allá del camino de grava hay algo que se mueve. Ahí, abajo, en las jardineras entre el pasto crujiente. Resguardado en la frescura de los arbustos podados ocurre un arrebato a toda velocidad, apenas puedo alcanzar a distinguirlo, parece ser una persecución. Una enorme cabeza de Medusa, torpe, siseante, sinuosa y amenazadora rueda por el pasto, aún húmedo por el rocío. Sus escamas brillan confusas, es un baile hipnótico y agresivo, no puedo apartar la vista, es casi obsceno, como una orgía. Las serpientes, hechas un gigantesco nudo, luchan por su libertad, son rehenes de sí mismas, se retuercen, se muerden, algo les pasa... están excitadas, han olido a una hembra.

Una de ellas ha logrado escapar, es la que vi perseguir a todo vapor a la hembra hace un momento por entre los arbustos, enloquecido por las feromonas. Lo más seguro es que le dé alcance y logre su objetivo...jodido bastardo con suerte[1].

Sin ningún recato, se le enreda, se retuercen entre sí, calientes y húmedas, se persiguen y huyen, no puedo evitar sentir un cosquilleo entre mis muslos con el espectáculo, es casi pornográfico, y lo mejor de todo es que es solo para mi disfrute, nadie más parece ponerle atención. La suavidad de sus escamas frotándose frenéticas entre sí, consumidos en el ardor animal, primitivo, chorreando sus fluidos y esparciendo su aroma por todos lados, como cada vez que me hacías tuya Julián, me recuerda a mis piernas de Serpentina estrangulándote tus muslos, olfateándote con mi lengua, aferrándome a tu calor viril con mi cuerpo de reptil líquido como si mi vida dependiera de ello.

El calor crece, el cosquilleo crece, siento que me vuelvo agua, las piernas ya no me responden. El macho la ha tomado por el cuello, la sujeta con su hocico con mucha delicadeza para no clavarle los colmillos, solo quiere inmovilizarla. No puedo respirar. Algo rosa, bífido y húmedo aparece y desaparece en medio de ese laberinto negro y amarillo; la hembra sisea, furiosa; abre toda su mandíbula, amenazante; el fulgor de sus colmillos destellea en mis ojos, es demencial, mis piernas se me entumen, me derrito, no puedo más... Julián... Julián... Julián...

De repente, algo inesperado sucede, en medio del

desenfreno la hembra logra zafarse de su abrazo culebrino, y en un lance trágico y suicida, se precipita a la calle donde, sin más, encuentra su muerte bajo las ruedas de un coche que despreocupadamente pasaba por ahí. Qué triste forma de morir, malcogida y despanzurrada en el pavimento.

Ya puedo respirar de nuevo, pero no logro tranquilizarme. Estoy muy confundida, no entiendo qué acaba de pasar. Un horrible presentimiento se apodera de mí y no sé cómo diluirlo. Me siento angustiada pero no sé bien el por qué.

Mierda... es oficial, ya no llegué y me van a descontar el día.

> MARZO 21 DEL 2017 A LAS 8:20 AM
> ¡¡¡¿¿¿Dónde estás???!!!
> 　　　　(¿Y si algo malo le pasó?).

Suficiente. Estoy harta. Me largo de aquí.

—Disculpe señorita, ¿me podría traer la cuenta por favor?

—Sí, enseguida se la traigo.

—¿Ana?

¡Ahí estás! Puedo reconocer esa mirada y ese paréntesis que se abre y se cierra en tu rostro, a kilómetros de distancia. Pero hay algo diferente en ti.

El sofoco se apodera de mí de nuevo, me va a dar un ataque de pánico... intenta controlarte, Ana... intenta controlarte... respira... respira.

Tus ojos están coronados por un par de regias pestañas, entintadas densamente en rímel y rizadas, cejas delineadas; tus párpados están primorosamente pintados con una sombra carmín, nada escandaloso, apenas unos tonos más obscuros que tu piel trigueña, tengo que admitir que te queda bastante bien, ese delineador de ojos también.

Tus pómulos son nuevos para mí, de pronto están un poco más levantados y un poco más sonrojados a causa de la cirugía y del discreto rubor. Tus labios están más hinchados de lo que recuerdo; esos delicados pliegues de piel que me encantaba morder, se han transformado en unas sensuales y escandalosas carnosidades rojas totalmente desconocidas para mí.

No puedo respirar. Siento un nudo en el estómago.

Tu cabello corto lo sustituye una espléndida melena morocha —extensiones o peluca seguramente, dudo que por mucho que te lo hayas dejado crecer se te acomode por sí solo de esa manera—, larga, lacia y brillante.

Siento náuseas. Necesito vomitar.

No puedo respirar.

Lo inaudito. Un par de erectas, globosas y duras tetas se pasean orgullosas en un elegante vestido largo color terracota, con unas zapatillas de aguja larga a juego con el conjunto. ¡Carajo! Me cuesta admitir que hasta vestido de mujer te ves arrebatadoramente guapa. Recuerdo esa cintura, recuerdo esa cadera.

Ahí estás, parada como una desconocida que tiene tu rostro; con tus manos cruzadas sobre tu bolso café, sonriendo apenado, como lo hacías cuando me dejabas esperando, llegabas como perrito con la cola entre las patas.

No. No puedes ser tú, mi mente me está jugando

bromas retorcidas otra vez, como cuando te veía en cada esquina, son los nervios. No puedes ser tú. No puedes ser mi Julián.

—No... No... No... ¡NO!

—Espera, preciosa. No te vayas, por favor. No huyas de mí, me destrozaría, déjame explicarte. Me ha costado muchísimo coraje el poder estar aquí contigo. Llevo un rato afuera decidiéndome si entrar o no. Tuve que fingir mi voz por teléfono, sabía que si descubrías la verdad no querrías verme.

Me toma un buen rato tranquilizarme. No puedo dejar de temblar. Mis ojos se mojan una y otra vez y no se detienen. Mi corazón se rompe. Me siento de nuevo.

Sin dejar de verme, ella se acerca a la mesa, jala la silla y se sienta también. Cruza la pierna. Pone su bolsa en otra silla.

—Disculpe, un café por favor. (Es toda una mujer, es incluso más femenina que yo).

—Sí.

Intento salir de mi asombro estúpido y escuchar con

mucha atención, o por lo menos tratar con toda la atención que me es posible en este momento, todo lo que me dices. Me explicas que ahora te llamas Alba, como cuando despunta el amanecer, precisamente a esas horas que me tenías esperando Julián... digo, Alba.

—Qué bonito, ¿no?

—Sí, supongo.

—Quería un nombre simbólico, representativo, que fuera con mi personalidad. No quería un nombre de prostituta, de teibolera o de vedette de cuarta. Nunca ha sido mi aspiración ser ninguna de esas cosas ¡Ni peluquera!, ¡qué horror! Quería un nombre que abarcara en un destello todo esto nuevo que había nacido en mí, los tibios rayos del amanecer disolviendo años de tinieblas, de dudas. Ahora todo es claridad, todo es lucidez. Finalmente puedo ser quien en realidad soy, quien siempre he sido. Por fin me siento completa. Soy Alba y soy inmensamente feliz.

—Y tú... tú te cortaste tu... es decir... te hiciste... ¿te la hiciste?

¡Bravo, Ana! lo primero que se te ocurre preguntar y es una babosada. Seguro ahorita agarra su bolsa y se marcha ofendidísima. En lugar de eso, me miras con esos ojos de miel, y sonríes. Me siento muy apenada, tengo muchas ganas de llorar de nuevo.

—Tranquila, hermosa. No me ofendo, de verdad, entiendo la curiosidad. La respuesta es sí, me hice la operación de reasignación de sexo y estoy bajo tratamiento de hormonas.

Por cortesía, desvié la conversación; no sé para ti que tan incómodo sea el tema o yo que tan dispuesta esté a tolerarlo. Me cuentas que sigues con tu banda, presentándote dando conciertos por aquí y por allá, también sigues en la actuación ahora aquí cerca con una compañía de teatro independiente en Cholula y que te ofrecieron un papel importante para no sé qué película de no sé cuál director premiado. Para mí, que te estás dando el chongo. Además, trabajas en una asociación civil para la sensibilización y visibilización de la homofobia, la transfobia y todo eso.

Es curioso, creo que todo el tiempo que estuvimos juntos nunca hablamos de eso, no era importante. Jamás emitiste un juicio al respecto, ni a favor ni en contra. Simplemente, es como si eso no existiera en tu mundo o más bien como si te negaras a verlo, pero una parte de ti lo albergaba, lo acariciaba con celo, pedía a gritos salir y tú no se lo permitías.

Me compartiste cosas muy íntimas, muy dolorosas: tus relaciones después de mí, tu descubrimiento, el duro despertar, la crisis contigo mismo que casi te lleva al afortunadamente fracasado borde del suicidio, el conflicto con tu familia por la decisión, la discriminación, la rabia, la impotencia, la soledad. El miedo de la operación y la tristeza de la recuperación en el post operatorio, sin globos y sin tarjetas.

Me conmueve mucho el verte llorar, me parte en dos, entiendo tu dolor, todas las cosas injustas por las que tuviste que atravesar, y me duelen en el alma. Ahora lo comprendo todo, ahora te entiendo. Te perdono, mi amor, llora si necesitas llorar, todo estará bien, yo estoy aquí, estás a salvo, yo te abrazo. Estás tan tibia, es tan agradable abrazarte de nuevo, se siente familiar, lo necesitaba. Genial, ahora ambas necesitamos servilletas, nuestro rímel está todo corrido.

Antes de irnos, me diste todos los abrazos del mundo en uno solo; por un momento no percibí otra cosa más que tu calor, el aroma de tu perfume de jazmín, la suavidad de tu piel, la seguridad de tu cuello que se desbordaba en mi manantial. Tu abrazo no había dejado de ser firme y seguro, protector. Y solo por un segundo, me sentí completamente feliz de nuevo.

—Supongo que jamás te lo dije porque me daba mucha vergüenza, me daba terror cómo reaccionarías. Tenía mucho miedo de perderte para siempre.

Me atreví a preguntarte si alguna vez me habías amado en el tiempo que estuvimos juntos, y me confesaste que siempre fui tu mayor dicha. Mis ojos no paran, los siento hinchados. No sé qué decir, no atino a decir nada. Solo te miro.

Te abrazo por última vez, sé que será la última no

preguntes por qué, solo sé que es así. Las palabras no salen, no puedo modular la voz, se me quiebra, estoy a punto de ponerme a llorar de nuevo. Hago el esfuerzo por controlarme y por fin te digo eso que pienso, algo que llevo años guardándome y que jamás te dije, pero debí de haberlo hecho cada día que pasé a tu lado. Trato de articularlo fuerte y claro, con las pocas fuerzas que me quedan, te estrecho contra mí y te lo digo al oído, para que jamás lo olvides:

—No importa como luzcas, mi amor. Para mí, tú siempre serás el amor de mi vida.

---

[1] La serpiente de jarretera o culebra rayada o listada (Thamnophis sirtalis parietalis) es una serpiente de la familia Colubridae —la familia de las culebras—, se distribuye en buena parte de Norteamérica, Canadá, Estados Unidos incluyendo México —originalmente endémicas del norte del país, aunque dispersables en potencia por movilidad humana—. Es una serpiente inofensiva, no venenosa, de hábitos semi acuáticos que se encuentra cerca de los cauces de agua, en humedales, bosques, pradera y zonas húmedas o frescas, aunque también está bien adaptada a ambientes urbanos. Esta serpiente posee unos hábitos reproductivos bastante peculiares. Durante el invierno, las serpientes jarreteras hibernan enroscadas en cuevas o grietas rocosas esperando la llegada de la primavera. Cuando llega, emergen en grandes cantidades y empiezan a «aparearse» entre sí. En su gran mayoría son machos los cuales buscan, «olfateando» con su lengua —con ayuda del órgano de Jackobson—, a una hembra con la cual aparearse. La hembra secreta unas feromonas las cuales excitan a los machos y provocan que se les echen encima, frenéticos, cientos de ellos, intentando copular con ella. Esto es lo que se conoce como bolas de apareamiento o *mating balls*. Un dato curioso, algunos machos tienen la habilidad de «invertir su sexo», más específicamente de camuflarse o de travestirse, lo utilizan como una estrategia reproductiva. Estos machos

secretan las mismas feromonas que las hembras, con el objetivo de confundir a sus competidores machos, los cuales buscan a una hembra falsa. Esto le proporciona varias ventajas al macho travesti, por un lado distrae la atención de los machos de las hembras verdaderas, y por el otro al frotarse calientan el cuerpo congelado del macho disfrazado para acelerar su metabolismo y así poder acercarse seguro y rápidamente a las hembras verdaderas para ser el primero en copular.

El amor inicia como un berrinche, egoísta y personal, después se convierte en algo mucho más grande que tú, pero que sigue formando parte de ti. **Brando,** 25 años.

En el mismo acto de amar se cometen actos oscuros y sanguinarios en aras de defender los actos de belleza y luz. **Jesús Alfonso Tenorio Martínez,** 25 años.

El amor es ritual, sortilegio, es ritmo, es trascendencia, es unión de almas y comunión de cuerpos en eternidad. Es carne y espíritu en uno solo. **Angelblack,** 29 años.

El amor es el placer de una herida irracional que te hace sentir que estás vivo. Es amistad, comunicación, complicidad, empatía, es voluntad y constancia, es querer encontrarnos en el otro, todo el tiempo. **Morphaeus,** 32 años.

Preguntarse si existe o no el amor es como preguntarse si existe Dios, para algunos existirá, para otros no, depende en parte de las experiencias de vida de las personas, y para los que sí creen, significará algo en diferente grado, de varias formas y en distintas manifestaciones, con su pareja, con su familia y con el mundo que les rodea. Creo que no hay una respuesta correcta o incorrecta, solo son diferentes formas de ver y de tratar de existir en la vida. **Sebastián Ortiz,** 36 años.

Los dedos de Eros, Rodrigo Nevárez Magaña, 2022.

Interior: Color estándar con papel blanco #55 (90 g/ m2). Fuentes tipográficas: Amazon Ember (sans serif) y Bookerly (serif). 29, 24, 12, 10 y 9 pto.

Cubierta: Tapa blanda, sin solapas, tinta en color estándar. Laminado brillante. Fuentes tipográficas: Beauty Swing y Gabriola (dominio público). 70, 28, y14 pto.

ACERCA DEL AUTOR

Rodrigo Nevárez Magaña

Nació en la Ciudad de México el 27 de septiembre de 1984, desde muy joven se fue a vivir a la ciudad de Victoria de Durango, Durango con sus padres y hermanos en donde pasó la mayor parte de su vida.

Ingresó a la Licenciatura en Biología Marina en La Paz, Baja California Sur, en la Universidad Autónoma de Baja California Sur (UABCS) en el 2003. Debido a que también desde muy niño mostraba inquietudes y aficiones literarias, diez años después, mudó de residencia de nuevo, esta vez a la ciudad de Guanajuato Capital para estudiar una segunda carrera, la Licenciatura en Letras Españolas en la Universidad de Guanajuato (UG).

Ahí formó parte de la Sociedad de Alumnos de Letras Españolas (SALE Valenciana), cuerpo estudiantil del Departamento de Letras Hispánicas de la UG, desde el 2015; así mismo, fue fundador y coordinador por cuatro años consecutivos (del año antes mencionado al 2018) de las «Jornadas Malditas», evento académico organizado anualmente en septiembre sobre autores malditos con el apoyo del Departamento de Letras Hispánicas y de la División de Ciencias Sociales y Humanidades de la UG.

Ha asistido a varios talleres literarios, tanto impartidos en el Departamento de Letras Hispánicas como a otros eventos y encuentros. Del 30 de octubre al 1 de noviembre del 2017 participó en el Primer Encuentro Fronterizo de Lengua y Literatura «La Border Meiks Mi Japy» en la ciudad de Tijuana, Baja California, organizado por la Coordinación Universitaria de Estudiantes de Literatura y Lingüística (CUELL) Tijuana. En dicho evento presentó el proyecto cultural de las «Jornadas Malditas» y un trabajo de creación literaria, el cuento "Narciso", uno de los relatos de la presente trilogía.

La Serie Metamorfosis se encuentra integrada por un conjunto de obras cuyo motivo principal es la mitología. Éstas están libremente inspiradas en la del poeta romano Ovidio, *Las Metamorfosis*, de ahí el título de esta serie, que trata sobre mitos griegos (y por calco, latinos) en los cuales se involucra algún tipo de transformación.

Estas obras pretenden ser un ejercicio literario, una actualización o re interpretación de algunos de los mitos que relata Ovidio, ambientados en México, en una época moderna, sin la presencia de dioses, pero trabajados con ciertos elementos fantásticos para así poder distanciarlos de su explicación divina. A su vez, los mitos giran en torno a tres grandes temas, tres obsesiones humanas: el amor y el deseo, la muerte y los sueños, es decir: Eros, Thánatos e Hypnos, y sus historias pretenden explorar la condición humana sin tapujos, desde un punto de vista amoral (que no inmoral), sin someter a ataduras o a juicios a sus personajes, ni a sus ideas, acciones o contradicciones absurdas. Además, las historias se apoyan en otros discursos, aparte del literario, tales como: el científico, el cinematográfico, el teatral y el musical para irse ensamblando.

Estos libros deambulan entre el amor y el horror; entre la ternura, la pureza, la inocencia, el placer, y entre lo más brutal, abominable y despreciable. Con humor, con crueldad, con crudeza, con dolor, con nostalgia, tratan de re conectar con lo más humano que existe dentro de nosotros, lo mostrado y aquello que está oculto, también.

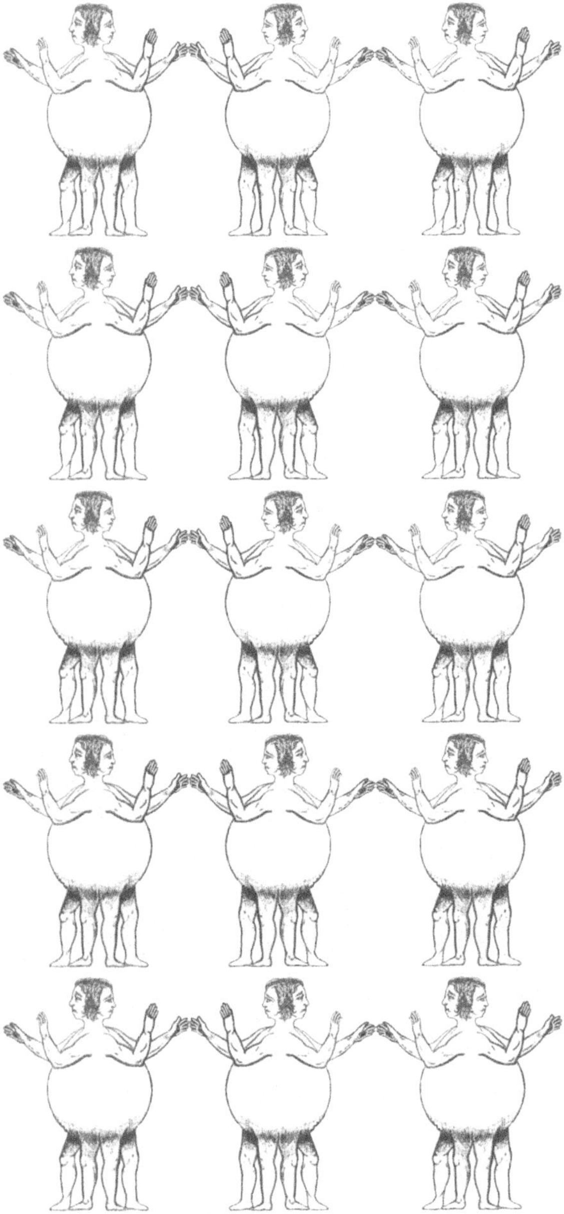

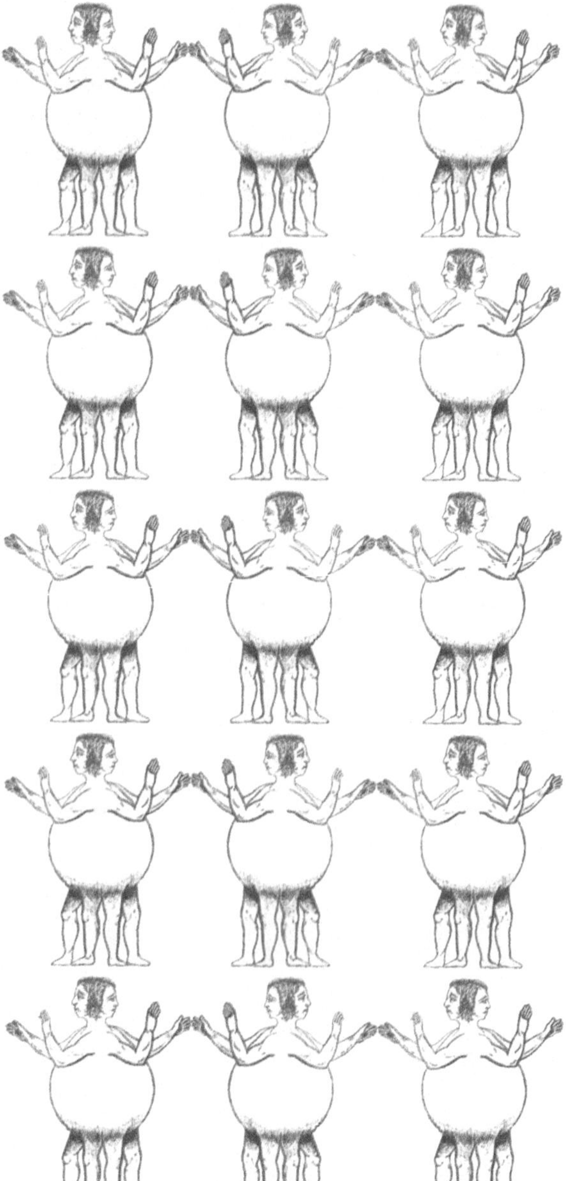

Made in the USA
Columbia, SC
19 October 2022